AF497996

# HENRI MALIN

# METZ ET STRASBOURG

## DÉLIVRÉES

POÈME

## Couronné par VICTOR HUGO

AU CONCOURS OUVERT

PAR LA REVUE DES POÈTES ET DES AUTEURS DRAMATIQUES

Prix : **50** c.

PARIS

EN VENTE CHEZ DENTU, AU PALAIS ROYAL

1873

A Monsieur Joffroy, rue Corneille, 5, Paris.

Paris, 17 octobre 1873.

*Vous avez raison*, Monsieur. *Il y a dans ces vers un vrai talent, et c'est de tout mon cœur que j'applaudis* ce jeune poète. Je vous envoie pour lui l'*Année Terrible.*

Donnez-la lui de ma part.

Mille vœux de succès,

Victor Hugo.

# METZ ET STRASBOURG DÉLIVRÉES

POÈME

## Couronné par Victor Hugo

I

Hugo, chantre divin de la Patrie en deuil,
Quand la France a trouvé sur sa route un écueil,
Quand une armée emporte en lambeaux, comme une onde,
Ses trésors, sa grandeur, sa liberté féconde,
Sa renommée, enfin, quand le malheur la prend,
Tu nous dis de chanter ton pays toujours grand.
Oui mon pays est grand, les pertes, les défaites
Ne peuvent effacer sa gloire et ses conquêtes.
On ne déchire pas les durs feuillets d'airain
De l'histoire d'un peuple auguste et souverain.
En disant Austerlitz, c'est la France qu'on nomme ;
Mais rappeler Sedan, c'est dénoncer un homme.

## II

C'est lorsqu'on est tombé, qu'il faut parler bien haut.
Qui s'attache à l'écueil peut résister au flot.
Le rocher sur lequel on échoue est utile ;
Etudier l'épreuve est une chose habile ;
Chercher dans nos malheurs, abîme âpre et profond,
Les sinistres clartés que les misères font,
C'est soulever le voile et te montrer, ô France,
La planche de salut, la lueur d'espérance.

O mon pays, je t'aime, étant ton humble enfant,
Et j'entrevois déjà l'avenir triomphant ;
La terre serait triste et veuve de ta gloire,
Si Dieu re ramenait dans tes camps la victoire.
Certes, ia chute fut profonde, mais l'affront,
Ayant été bien grand, suppose un plus haut front ;
Et nous ne pouvons point courber ainsi nos têtes,
Puisque nous avons fait éclater ces tempêtes :
Austerlitz, Marengo, Friedland, Rivoli,
Noms que ne ronge pas cette rouille, l'oubli.
Tu t'appelles, ô France : Espoir, force courage ;
C'est pourquoi tu mettras en fuite ce nuage :
La défaite. Et pourtant, ton odieux vainqueur
Pensait dans son orgueil t'avoir brisé le cœur ;
Et parce qu'il foulait ton sol sacré, l'infâme
Croyait avoir éteint, pour toujours, ta grande âme ;
Mais, enivré de gloire, il oubliait ceci
Qu'un astre pour le ciel n'est jamais obscurci.

## III

Et toi, vaillant pays, pauvre Alsace-Lorraine,
Sur qui le sabre, encor sanglant, d'Attila traîne,
Ton nom est le plus grand parmi tous les plus grands,
Car, acceptant sans peur la haine des tyrans,
Tu reçois cette charge horrible, mais sublime,
De sauver ta patrie en restant leur victime.
Tu pleures avec nous ; tu veux te souvenir
De la France éloignée. O Frères, l'avenir
Vous consacre une page austère dans l'histoire ;
Vous êtes les plus saints des martyrs. La victoire
Est une ombre à côté de votre dévoûment ;
Et dans votre malheur, brillant superbement,
Le plus petit de vous est encore un grand homme.


Une telle défaite est bien digne de Rome.
O patriotes chers à ceux qui sont restés
Maîtres de leurs foyers et de leurs libertés,
Nous avons cette joie, et puis cette souffrance
De voir saigner en vous le cœur de notre France.
Oui, nous sommes heureux, nous libres, de savoir
Qu'absents vous regardez comme un sacré devoir
De ne pas oublier le sol de la patrie,
Et de tendre vos bras vers la mère meurtrie,
Indignés, suppliants, chaque fois que l'affront,
Partage des vaincus, insulte votre front.

Et nous souffrons aussi comme vous à cette heure,
Car l'Alsace pleurant, c'est la France qui pleure,
Et vous sentir liés sous l'affreux joug, ayant
Une plaie, oh! pour nous c'est un songe effrayant.


Nous sommes le blessé, vous êtes la blessure ;
Et la bave est restée, hélas! sur la morsure.


IV


Aussi tant qu'on verra flotter sur vos clochers
Ces haillons ennemis que l'orgueil envenime,
Qui, tels que des vautours sur les hauteurs perchés,
        Regardent souffrir leur victime,


Tant qu'on verra vos pleurs, vos grincements de dents,
Et vos lèvres blanchir d'une fiévreuse écume
Et tant qu'on entendra comme des flots grondants
        Vos cris que la fureur allume,


Par le deuil âpre et noir nous sentant tous saisir,
Nous irons, élevant nos cœurs, courbant nos têtes,
Et vous nommer étant notre unique plaisir,
        Nos pleurs seront nos seules fêtes.


O gazons, ô sentiers où se marquent leur pas,
Collines, fiers sapins, cimes de leurs vieux chênes,
Accusez-nous de loin, tant que nous n'aurons pas
        Hélas ! brisé leurs lourdes chaines.

## V

L'heure de la bataille, un jour enfin, viendra,
Le poète à la voix altière s'écrîra:
          « O peuple prends ton glaive !
Pour venger la vertu, le courage, le droit,
Les défaites, les morts, l'honneur en qui l'on croit,
          La victoire se lève !

»La victoire est à toi, peuple sublime et fort.
  La paix étant ton but, tu vaincras sans effort.
          Pour toi l'univers gronde.
N'es-tu pas du progrès le superbe flambeau ?
Ta chute n'ouvrirait-elle pas le tombeau
          Effroyable du monde ?

»Ta disparition devant rendre tout noir,
  Vivre, briller, chanter, rêver est ton devoir ;
          Ton chant rend l'espérance.
Les marins ont pour guide une étoile la nuit,
Pour les peuples un astre ici-bas toujours luit:
          Cet astre, c'est la France.

»Tes ennemis voulaient t'égorger, et le prix
  De cet horrible meurtre était le grand Paris ;
          Mais toute cette horde,
Qui vint avec fureur mitrailler ses remparts,
Ne put, après avoir vaincu de toutes parts,
          Détacher une corde.

» Eh quoi ! s'ils sont entrés, les ont-ils renversés
Ces quelques charriots l'un sur l'autre entassés ?
Ah ! leur victoire est vile ;
La population était à leur merci,
Ces vainqueurs ont eu peur, non, ce n'est pas ainsi
Que l'on prend une ville.

» Mais si nous les avons vus courbés et tremblants,
Tels que des malfaiteurs s'avancer à pas lents,
Une main sur la porte,
S'ils sont venus tout prêts à fuir au premier bruit,
Si, comme un troupeau vil, ils sont restés, la nuit,
Parqués de cette sorte,

» C'est qu'ils voyaient dans l'œil des Français valeureux
La haine et le mépris qu'ils ressentaient pour eux,
C'est que, fier et terrible,
Paris aurait voulu dans un dernier effort
Vaincre, en les étouffant, ou recevoir la mort,
En leur servant de cible.

### VI.

» Et comme l'honneur manque à qui n'a pas de cœur,
Cet ennemi vassal s'est appelé vainqueur,
Il a faussé l'histoire,
Quoi ! piller des maisons et brûler des pays,
Effrayer les enfants et vaincre les trahis,
Est-ce là, la victoire ?

»La gloire n'admet pas qu'on étrangle les lois ;
Elle veut la vertu, l'audace, les exploits;
Comme en quatre-vingt-douze,
Elle veut voir briller le fer contre le fer,
Et les guerriers lutter, ayant faim dans l'hiver,
Sans souliers et sans blouse.


## VII.


»Peuple, rappelle-toi Jemmapes et Valmy.
Comme on traque des loups, traque ton ennemi,
Sans relâche, dans ses repaires ;
L'Europe vous regarde, enfants; vous ferez voir
Qu'en l'accomplissement horrible du devoir
Vous êtes dignes de vos pères.


»Représentants du droit et de la liberté,
Défenseurs du progrès et de l'humanité,
D'un élan magnifique,
Allez, braves, allez porter dans ces hameaux
Cette haine des rois, la fin de tous nos maux,
La sainte République.


## VIII.


»La république chasse à jamais les tyrans
Infâmes de la terre,
Elle est le talisman qui fait les peuples grands
En rendant l'homme austère.

» Défendant ici-bas le droit, la liberté,
Elle brise les chaînes ;
Son but étant progrès, ordre, fraternité,
Elle apaise les haines.


» O peuple, aux souverains ne donne plus ta foi,
Car leur empire est frêle ;
La république est forte, et puisqu'elle est à toi,
Tu dois vaincre par elle. »


IX


» O jour bienheureux, jour splendide que celui
Où le premier éclair du combat aura lui,
Comme une lueur d'espérance ;
Le galop des chevaux, les tambours, les clairons,
Les siéges, les assauts, le choc des escadrons
Seront doux à nos cœurs, ô France !


» On entendra crier : « En avant, en avant !
» Nous n'acceptons la vie aujourd'hui qu'en bravant
» La mort, cette blessure austère »
Et nous courrons, sans peur, sur les canons béants,
Et l'ennemi dira : « Quels sont donc ces géants.
» Qui font trembler ainsi la terre ? »

»Et la rage d'un peuple enfantant des héros,
Nous vous délivrerons enfin de vos bourreaux
        Douce Lorraine et chère Alsace,
Car un fleuve entravé bouillonne sourdement,
Puis, soulevant son flot, furieux, écumant,
        Il brise l'obstacle et l'efface. »


Laisser à des vainqueurs la paix c'est un danger.
Oh! quand donc sonnera l'heure de se venger ?


## X


La campagne est déserte ; au loin la forêt sombre
Ne cache plus d'amants ou de bergers dans l'ombre ;
On entend bien le doux murmure des ruisseaux,
Le bruissement d'arbre et le chant des oiseaux,
Mais l'homme n'est plus là. Pas même une charrue,
De ces sillons encor frais elle est disparue,
Où sont les laboureurs ? des moutons égarés,
Inquiets et plaintifs errent dans les grands prés.
La mare où la génisse allait boire et dont l'onde
Réflétait des enfants la tresse noire ou blonde,
Réflète seulement l'infini du ciel bleu.
Pourquoi la solitude et le deuil en tout lieu ?

Ah! l'homme absent produit sur tout un vide immense,
Car il achève, ici, l'œuvre que Dieu commence.
O désolation ! tout s'arrête et se tait,
Jusque dans les hameaux où la joie habitait.
Plus de fête au château, plus de rire aux chaumières,
Les vieilles femmes sont chez elles en prières,
Le village est désert, déserts sont tous les champs,
Les rideaux sont baissés, on n'entend pas de chants.
C'est partout la tristesse et presque l'épouvante ;
Et l'anxiété morne est là toute vivante.


Cependant à sa porte, à l'ombre d'un vieux houx,
Une mère est assise, elle a sur ses genoux
Trèmblants un jeune enfant qu'elle allaite; elle pleure.

Et son front est penché sur son sein. Tout à l'heure,
Comme folle, elle a pris son enfant dans ses bras,
Puis a crié : Seigneur ! oui, tu nous les rendras. —


Un vieillard est sorti de l'une des chaumières,
Il monte, tout pensif, sur un gros tas de pierres,
Afin de voir au loin par-dessus la maison,
Puis d'un œil inquiet, il sonde l'horizon.
— « Rien, dit-il, rien, après cette bataille horrible
» Et ces sourds tremblements ! ce silence est terrible.
» Tout est fini. La lutte a décidé du sort,
» Hélas ! de deux pays. La France veut la mort,
» Oui, la mort glorieuse ou la victoire austère,
» La gloire dans la tombe ou la gloire sur terre.
» Nous qui marchons depuis longtemps, ainsi courbés
» Sous le joug d'un tyran ; nous qui sommes tombés,

» Vaincus, flétris, et dont on a brisé les glaives,

» France, nous attendons qu'enfin tu nous relèves.

» C'est pourquoi tes enfants s'élancent tous là-bas,

» Furieux, au milieu des chocs et des combats,

» Le visage sanglant et l'écume à la bouche,

» Terrassant l'ennemi dans leur rage farouche,

» Entassant sur les morts d'hier ceux d'aujourd'hui....

» Ah ! mon cœur est rempli d'espérance et d'ennui. »


Mais voilà qu'on distingue, au lointain, sur le faîte
Des côteaux, quelque chose où le soleil réflète
Ses rayons. Des rumeurs arrivent vaguement,
Et vont en s'accroissant ainsi qu'un roulement.
C'est une armée en marche ; et bientôt cette foule
Couvre tous les vallons, et sur leurs flancs s'écoule
Comme la lave ; on voit les éclairs de l'acier.
O France, tes échos disent l'hymne guerrier.
Les femmes à ces bruits sont toutes accourues ;
Joyeuses elles font des groupes dans les rues.
Les enfants vont jetant des fleurs dans les chemins,
Et le vieillard s'écrie, en agitant les mains :


« Honneur à nos soldats qui chantent dans la plaine

» Un refrain glorieux digne de ce beau jour,

» Car il nous ont rendu l'Alsace et la Lorraine

» En entrant dans vos murs chéris, Metz et Strasbourg ! »

Montpellier, Imprimerie E. Cristin et Cᵉ.